Puede consultar nuestro catálogo en www.edicionesobelisco.com / www.picarona.net

EL CUENTO DEL LOBO
Texto de *Helena Kraljič*
Ilustraciones de *Anna Laura Cantone*

1.ª edición: mayo de 2014

Título original: *Veliki strašni volk*

Traducción: *Joana Delgado*
Maquetación: *Montse Martín*
Corrección: *M.ª Ángeles Olivera*

© 2012, Morfem Publishing House
Edición original publicada en Eslovenia.
(Reservados todos los derechos)
© 2014, Ediciones Obelisco, S. L.
(Reservados los derechos para la lengua española)

Edita: Picarona, sello infantil de Ediciones Obelisco, S. L.
Pere IV, 78 (Edif. Pedro IV) 3.ª planta, 5.ª puerta
08005 Barcelona - España
Tel. 93 309 85 25 - Fax 93 309 85 23
E-mail: picarona@picarona.net

Paracas, 59 C1275AFA Buenos Aires - Argentina
Tel. (541-14) 305 06 33 - Fax (541-14) 304 78 20

ISBN: 978-84-16117-00-0
Depósito Legal: B-1.657-2014

Printed in India

Texto de Helena Kraljič
Ilustraciones de Anna Laura Cantone

EL CUENTO
DEL LOBO

 Picarona

UN LOBO DORMITABA
PEREZOSAMENTE
A LOS PIES DE
UN ÁRBOL

Y UNAS OVEJAS PASTABAN NO LEJOS DE ALLÍ.

DE REPENTE, UNA DE ELLAS LE TIRÓ DEL PELAJE
Y LE DIJO:

—PERDÓN, LOBO, LA PELOTA SE HA QUEDADO
ATRAPADA ENTRE LAS RAMAS. ¿SERÍAS TAN AMABLE
DE SUBIRTE AL ÁRBOL Y BAJARLA?

EL LOBO SUBIÓ AL ÁRBOL, TOMÓ LA PELOTA
Y SE LA DIO A LA OVEJA.

DESPUÉS, SE TUMBÓ DE NUEVO PARA DORMIR,

PERO LLEGÓ UN CORDERITO
JADEANTE Y COMENZÓ
A GRITAR:
—¡LOBO, LOBO, AYÚDAME!
¡HAY UN ZORRO QUE LLEVA MÁS
DE UNA HORA PERSIGUIÉNDOME!

EL LOBO SE LEVANTÓ PARA AYUDAR AL
CORDERITO, Y, ASUSTANDO AL ZORRO,
LO ECHÓ DE ALLÍ.

VOLVIÓ A TUMBARSE BAJO EL ÁRBOL, PERO CUANDO ESTABA A PUNTO DE CERRAR LOS OJOS,

VIO QUE ALLÍ MISMO SE HABÍA PARADO UN CERDO EXHAUSTO QUE CARGABA UN CARRO LLENO DE TRONCOS.

—¡POR FAVOR, LOBO, AYÚDAME! NO PUEDO DAR NI U
PASO MÁS, Y SI NO LLEGO PRONTO A CA
CON LOS TRONCOS, MIS HERMANITOS
SE CONGELARÁN Y MORIRÁN.

ASÍ QUE EL LOBO ASINTIÓ Y SE VOLVIÓ A LEVANTAR POR TERCERA VEZ.
EL CERDO IBA DANDO INSTRUCCIONES MIENTRAS QUE EL LOBO ARRASTRABA EL CARRO.

PERO AL LOBO SE LE HACÍA LA BOCA AGUA MIENTRAS SE COMÍA CON LOS OJOS AL RECHONCHO CERDITO.

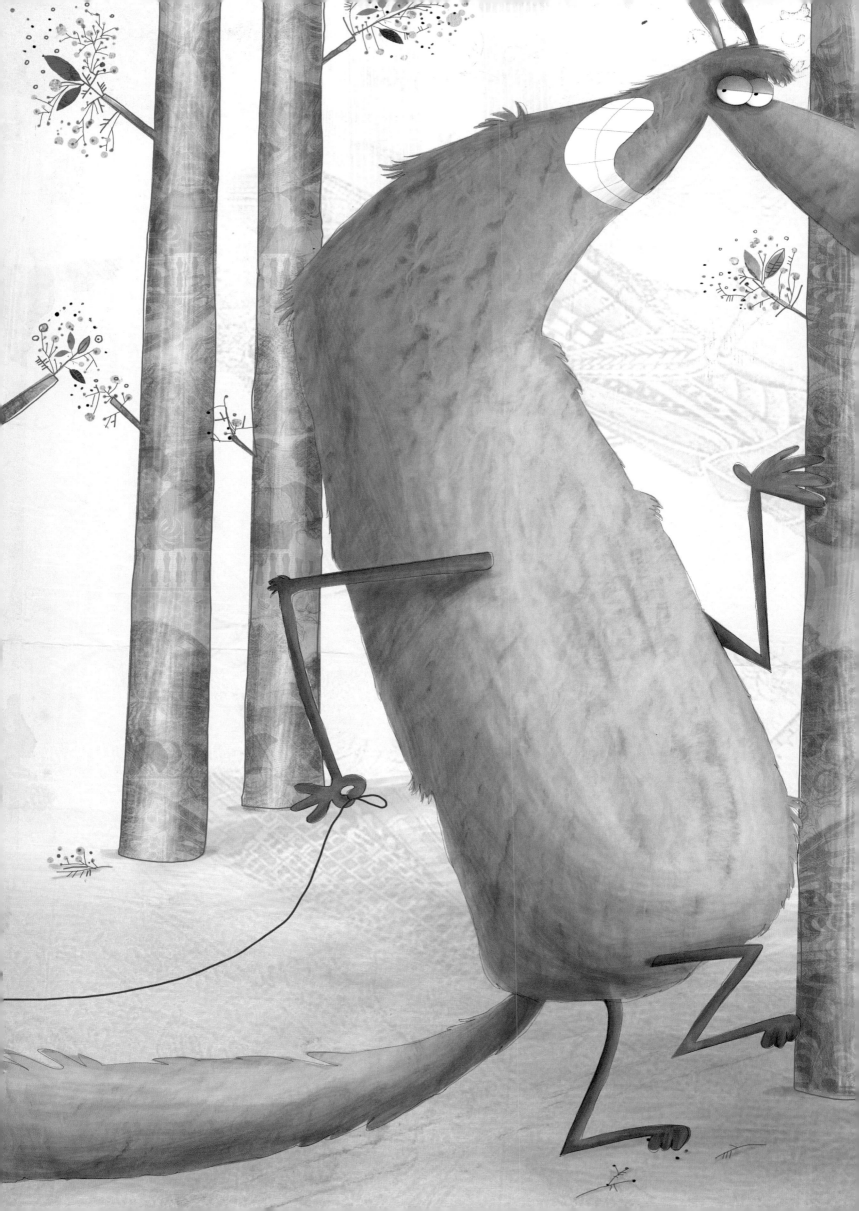

CUANDO
LLEGÓ A LA CASA,
EL LOBO YA SE HABÍA
LIMPIADO Y LAS TRIPAS
LE RUGÍAN DE NUEVO.

ENTONCES SE DIJO A SÍ MISMO:
—HE AYUDADO A UNA
OVEJA, HE SALVADO
A UN CORDERITO,

HE LLEVADO leña a tres cerdos congelados, pero lo único que la gente recordará de mí es que ¡ME HE COMIDO AL CERDITO!